YALEK

Texte: ANDRE-PAU

Dessins: JACQU

Zone interdite

HACHETTE

Imprimé en Belgique
Dépôt légal n° 3212 - 4e trimestre 1981
57.76.3214.01
ISBN 2.01.008171.4
Loi N° 49-956 du 16 juillet 1949
sur les publications destinées à la jeunesse - dépôt 10.81

D/1981/3299/29

CETTE FOIS-LÀ, ILS ÉTAIENT TROIS À S'ÉLANCER SUR LES ROUTES DE L'AVENTURE, SABRINA ACCOMPAGNANT LES DUETTISTES DU "SCOOP", YALEK ET POCKET!
VROM...
QUELQUES JOURS PLUS TÔT, À LA STATION T.V. VERITY...
DITES DONC, CAPTAIN... ON A BEAU AVOIR UNE SANTÉ DE FER, POCKET ET MOI...
...ON VA FINIR PAR SE ROUILLER, À NE RIEN FAIRE ICI!
HALTE! PLUS UN MOT! J'AI CE QU'IL VOUS FAUT, MES ENFANTS... À GENOUX, VOUS ALLEZ ME REMERCIER!
VOUS VOULEZ DIRE QUE VOUS ALLEZ NOUS METTRE SUR LES GENOUX, OUI!
LE REPORTAGE DE L'ANNÉE, IL EST POUR VOUS! L'AMAZONIE, L'ENFER VERT... C'EST LÀ QUE VOUS PARTEZ! DES VACANCES PAYÉES, QUOI!
MERCI GRANDEMENT... MAIS SI VOUS NOUS EXPLIQUIEZ UN PEU DE QUOI IL RETOURNE...?
CELA SEMBLE TENIR DE LA LÉGENDE... MAIS CERTAINS RÉCITS DE VOYAGEURS... ENFIN, BREF, AU COEUR DE L'ENFER VERT, VIVAIT UN AVENTURIER FABULEUX!
MMM! ÇA EXISTE ENCORE, ÇA?
OUI, MA PETITE... UN SUPER-TARZAN NOMMÉ, CROIT-ON, CHANGOR... PARTI LÀ-BAS DEPUIS DES ANNÉES, IL S'EST ORGANISÉ UN ROYAUME!
UN VRAI CONTE DE FÉES!
VOUS NE CROYEZ PAS SI BIEN DIRE, INCRÉDULE! UN PERSONNAGE EXTRAORDINAIRE, D'ORIGINE ASIATIQUE, PROTÉGÉ PAR DES BÊTES SAUVAGES QU'IL A APPRIVOISÉES, DRESSÉES! VOUS ÊTES PRENEUR POUR UNE INTERVIEW EXCLUSIVE?
QUAND PARTONS-NOUS?
ET CETTE FOIS, TANT PIS POUR VOUS, VOUS SEREZ TROIS!
CHIC! ON LUI FERA FAIRE LA TAMBOUILLE!

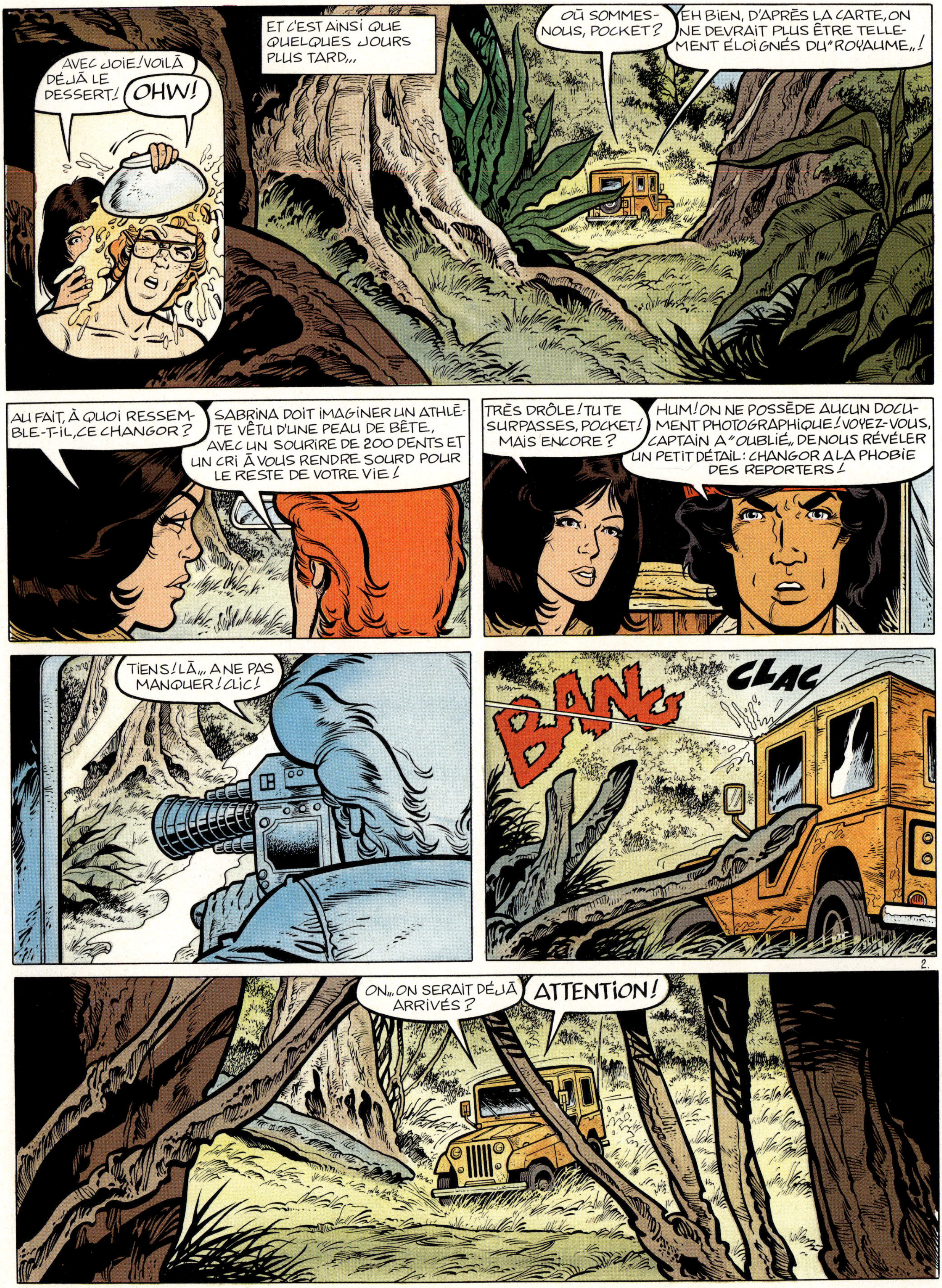

AVEC JOIE! VOILÀ DÉJÀ LE DESSERT!
OHW!
ET C'EST AINSI QUE QUELQUES JOURS PLUS TARD...
OÙ SOMMES-NOUS, POCKET?
EH BIEN, D'APRÈS LA CARTE, ON NE DEVRAIT PLUS ÊTRE TELLEMENT ÉLOIGNÉS DU "ROYAUME"..!
AU FAIT, À QUOI RESSEMBLE-T-IL, CE CHANGOR?
SABRINA DOIT IMAGINER UN ATHLÈTE VÊTU D'UNE PEAU DE BÊTE, AVEC UN SOURIRE DE 200 DENTS ET UN CRI À VOUS RENDRE SOURD POUR LE RESTE DE VOTRE VIE!
TRÈS DRÔLE! TU TE SURPASSES, POCKET! MAIS ENCORE?
HUM! ON NE POSSÈDE AUCUN DOCUMENT PHOTOGRAPHIQUE! VOYEZ-VOUS, CAPTAIN A "OUBLIÉ" DE NOUS RÉVÉLER UN PETIT DÉTAIL: CHANGOR A LA PHOBIE DES REPORTERS!
TIENS! LÀ... À NE PAS MANQUER! CLIC!
BANG
CLAC
ON... ON SERAIT DÉJÀ ARRIVÉS?
ATTENTION!

TROP TARD!
VROAAAAK
BLONK
PAS TROP DE MAL, SABRINA?
ÇA VA?
OH, CESSEZ DE ME TRAITER COMME UN BIBELOT DE LUXE... IL S'AGIT DE SORTIR D'ICI!
HUM... À TA PLACE, JE... J'ATTENDRAIS UN PEU!
GRR...
!!
C'EST LE MONDE RENVERSÉ! NOUS DANS LA FOSSE, ET EUX...
TU PRÉFÉRERAIS QU'ON SOIT TOUS ENSEMBLE ICI?
HEIN? DES ÉLÉPHANTS, MAINTENANT?
TU RÊVES, POCKET! IL N'Y A PAS D'ÉLÉPHANTS EN AMAZONIE!
!?

QUE... QUE CHERCHENT-ILS Ã...
HUM! TU SEMBLES AVOIR OUBLIÉ LES AVENTURES DE TARZAN, SABRI, MAIS PAS EUX!
MAGNIFIQUE! DEUX ÉLÉPHANTS ADULTES POUR SABRI ET POUR MOI...
... ET UN ÉLÉPHANTEAU POUR POCKET!
C'EST MALIN!
ET MAINTENANT?
EH BIEN, EN SE RÉFÉRANT TOUJOURS Ã TARZAN... ILS VONT GENTIMENT NOUS ÉLEVER JUSQU'Ã LEUR DOS ET...
QUI ÊTES-VOUS? D'OÙ VENEZ-VOUS?

ALLONS! RÉPONDEZ!
NOUS SOMMES DES REPORTERS T.V., VENUS DE TRÈS LOIN POUR VOIR CHANGOR!
HÉLAS, CHANGOR,,,
PAS DE LARMES DEVANT DES ÉTRANGERS, MAÏTÉ! CHANGOR N'AIMERAIT PAS!
TU AS RAISON, YUMA,,,
VOYONS,,, CHANGOR,,, QUE S'EST-IL PASSÉ?
A QUOI BON? VOUS NE POUVEZ PAS L'AIDER!
MAIS SI, VOYONS! YALEK, D'ORIGINE INDIENNE, EST UN DUR À CUIRE, ET MOI JE SUIS IRLANDAIS, C'EST TOUT DIRE!
MOI, JE ME PRÉSENTE: SABRINA, ANGLAISE ET MÉNAGÈRE!
DÉSOLÉE DE L'ACCUEIL QU'ON VOUS A RÉSERVÉ, YUMA ET MOI, MAIS NOUS DEVONS NOUS MÉFIER DE TOUT LE MONDE!
VENEZ VOUS RAFRAÎCHIR CHEZ NOUS, NOUS DÉPANNERONS APRÈS VOTRE VÉHICULE!
TRÈS BIEN! MERCI!
5.
ET PLUS TARD,,,
SUPERBE, VOTRE VILLA! NOUS SOMMES DONC DÉJÀ ICI DANS LE ROYAUME DE CHANGOR?
NON,,, LE ROYAUME EST PLUS LOIN,,, NOUS NE POUVONS PLUS Y RÉSIDER SOUS PEINE DE MORT!

MAIS POURQUOI... QUE S'EST-IL PASSÉ... QU'EST DEVENU CHANGOR ?
IL EST MORT ?
NOUS N'EN SAVONS RIEN !
UN JOUR, IL EST PARTI EN TOURNÉE D'INSPECTION DANS SON ROYAUME, EN COMPAGNIE DE YUMA ET DE SIMBU, LE SINGE !
NOUS AVONS DÛ NOUS FRAYER UN PASSAGE À TRAVERS LA VÉGÉTATION FOLLE, ET SOUDAIN...
HAAAAH!
CHANGOR ! QU'EST-CE QUE...
HAAAH!
6.
QUAND J'AI REPRIS CONNAISSANCE, J'ÉTAIS SEUL, CHANGOR ET SIMBU AVAIENT DISPARU !

MAIS COMMENT EXPLIQUEZ-VOUS... ?
ON N'EXPLIQUE RIEN: SIMPLEMENT LA VÉGÉTATION QUI ENTOURE LE ROYAUME APPARAÎT ENSORCELÉE!
OUI... PLUSIEURS CHASSEURS ONT VOULU Y PÉNÉTRER POUR CHERCHER CHANGOR ET CERTAINS ONT PÉRI SANS BLESSURES APPARENTES!
CE N'EST PAS POSSIBLE!
SI VOUS ÊTES INCRÉDULES, PARTEZ!
NON, POCKET NE VOULAIT PAS VOUS VEXER, YUMA! MAIS... POURQUOI AVEZ-VOUS TENDU CES PIÈGES ?
UN AUTRE HOMME BLANC EST VENU ICI AVANT LA DISPARITION DE CHANGOR... ET IL A ATTIRÉ NOS SOUPÇONS!
ET VOUS N'AVEZ PAS AVERTI LES AUTORITÉS ?
QUELLES AUTORITÉS ? AVANT QUE CHANGOR N'ARRIVE ET NE NOUS PROTÈGE DANS SON ROYAUME, ET NOUS APPRENNE À PARLER, À ÉCRIRE, CERTAINS "TOURISTES" SE LIVRAIENT SUR LES INDIGÈNES À DES "SAFARIS HUMAINS"!
C'EST... C'EST ABOMINABLE!
ILS ONT DÉJÀ ESSAYÉ DE REVENIR... C'EST POURQUOI NOUS PRENONS CERTAINES PRÉCAUTIONS ENVERS LES VISITEURS! ALORS... QUE COMPTEZ-VOUS FAIRE ? REPARTIR ?
SÛREMENT PAS, YUMA...
ALORS, TRÈS BIEN... NOUS POUVONS VOUS OFFRIR L'HOSPITALITÉ POUR LA NUIT...
OH! MERCI!
PLUS TARD...
MOI QUI AI TOUJOURS RÊVÉ DE DORMIR DANS LES ARBRES... JE NE TE RÉVEILLE PAS, AU MOINS ?
NON: AUTRE CHOSE M'A RÉVEILLÉ!

QUOI ? QU'EST-CE QUE,,,
DES BRUITS, COMME UNE PRÉSENCE HOSTILE,,, RESTE ICI POUR PROTÉGER SABRINA ET LES AUTRES, JE VAIS POUSSER UNE RECONNAISSANCE,,,
DANS LA NUIT, YALEK EST À L'AISE, Y VOYANT PRESQUE AUSSI BIEN QUE LE JOUR,,,
ON DIT QUE MON GRAND-PÈRE GRAND MILAN AVAIT ACQUIS CETTE FACULTÉ EN ABSORBANT DU PEYOLT,,, ET J'EN AI HÉRITÉ !
SOUPLE COMME UN FÉLIN, IL SE LAISSE GLISSER SUR LE SOL,,,
DES HOMMES,,, DES HOMMES BLANCS,,,
ARMÉS DE FUSILS, DE CARABINES,,, ET MÊME,,, ILS NE SEMBLENT PAS AVOIR REPÉRÉ L'HABITATION,,, ILS S'ÉLOIGNENT,,, SUIVONS-LES !
ET APRÈS QUELQUE TEMPS DE FILATURE SILENCIEUSE,,,
DES HUTTES,,, UN VILLAGE INDIGÈNE ,,, EST-CE QUE,,, ?
8.
DES CHASSEURS DE SAFARI ? MAIS QUEL SAFARI ? EST-CE QUE,,, ?
PAR LE GRAND MANITOU ! ILS S'APPROCHENT DES HUTTES OÙ LES HABITANTS DORMENT,,, JE,,,
UN LANCE-FLAMMES !

WHOUF
IGNOBLE... LE FEU AUX HUTTES... ET QUAND LES HABITANTS, ÉPOUVANTÉS, SORTIRONT...
SEUL CONTRE TROIS, QUE... ? TANT PIS !
SILENCIEUSEMENT, LE BOOMERANG A TRAVERSÉ LA NUIT...
TCHOK
OOHW !
PUIS...
HORS DE COMBAT PROVISOIREMENT ! MAIS LES AUTRES...
ÇA Y EST ! REPÉRÉ ! POURVU QUE LES MALHEUREUX NE QUITTENT PAS LEURS HUTTES !
BANG
BANG

D'UN BOND SOUPLE, YALEK PARVIENT À SE METTRE À L'ABRI...
TANT PIS, ON SE VENGERA SUR LES AUTRES ! ÇA VA, KARL ?
JE... JE NE SAIS PAS CE QUI M'A FRAPPÉ !
UN DE CES SALES BOUGNOULES, PROBABLE ! ON VA LEUR DONNER UNE LEÇON ! VAS-Y, DÉCLENCHE TON BRIQUET !
PEU APRÈS, LES INDIGÈNES ÉPOUVANTÉS SURGISSENT DES HUTTES...
HA ! HA ! ON SE PARTAGE LA BESOGNE HENRY !
D'ACCORD, JOCK !
JE... JE NE PEUX PAS LES LAISSER TIRER COMME DES LAPINS... ! UNE SEULE CHOSE À FAIRE !

WHOK
JE DOIS RECHARGER... TIRE, HENRY !
WHOUF...
!
HAAAH !
JETEZ VOTRE CARABINE, SINON...
SI... SI VOUS APPROCHEZ D'UN PAS, JE... JE TIRE !
TCHUD
OHW !

IL M'A ASSOMMÉ DEUX FOIS, CE SALOPARD-LÀ! MAIS IL NE ME CONNAÎT PAS!
BRAVO, KARL!
COMMENT VA, HENRY?
J'AI LES MAINS BRÛLÉES, MON VISAGE CUIT... IL A FAILLI ME DÉFIGURER!
ORDURE, VA!
ARGH
WHOK
CE N'EST PAS UN DES AUTRES... IL NE VIENT PAS D'ICI!
QUELLE IMPORTANCE! C'EST UN SANG MÊLÉ! ÇA SUFFIT!
PENDANT CE TEMPS-LÀ, LES AUTRES ONT PRIS LA FUITE! IL VA NOUS PAYER ÇA!
ENLÈVE-LUI SA CHEMISE, KARL!
LE POTEAU DE TORTURE, ÇA LUI RAPPELLERA DES SOUVENIRS, HA! HA!
TU VAS GRILLER LENTEMENT, MON VIEUX... VAS-Y, KARL!
12
WHOUF...

HÉ! QU'EST-CE QUE,,,
DAMN'! DES,,, DES ÉLÉPHANTS! RETRAITE!
BRAVO, DUMBO! POURSUIS LES AUTRES!
13.
ET PENDANT CE TEMPS,,,
MERCI! J'AI EU TRÈS CHAUD,,, ET J'AI RISQUÉ D'AVOIR PLUS CHAUD ENCORE! VOUS CONNAISSEZ CES HOMMES?
DES CHASSEURS DE SAFARI,,, MAIS ILS ONT DÛ VENIR DE L'INTÉRIEUR DU ROYAUME!

!?
WHiii...
ON LES TIENT! ILS FONCENT VERS LA ZONE INTERDITE! ILS SERONT OBLIGÉS DE STOPPER, OU BIEN...
WHii
UUUHW...
!?
CET HOMME NE PARLERA PLUS, MAÏTÉ! IL S'EST BRISÉ LE COU, HÉLAS!

EN AVANT, JUMBO! IL FAUT PASSER!
ATTENTION!
MAIS L'ÉLÉPHANT S'IMMOBILISE, REFUSANT OBSTINÉMENT D'AVANCER...
?!
INOUÏ... CETTE BRÈCHE OUVERTE, PUIS FERMÉE... SI JE NE L'AVAIS PAS VU, JE NE POURRAIS Y CROIRE! COMMENT...?
OUI, JE SAIS, C'EST STUPÉFIANT! UNE FORCE INCONNUE DOIT PASSER LÀ-DEDANS! SI L'ON S'Y RISQUE, C'EST LA MORT!
ET PLUS TARD, ALORS QUE LES HABITANTS DES HUTTES, RASSURÉS, SONT REVENUS SOIGNER LEURS BLESSÉS...
IL S'AGIT DONC VRAIMENT D'UNE ZONE INTERDITE DÉFENDANT L'ACCÈS DU ROYAUME DE CHANGOR!
OUI! ET L'ÉTRANGE ENGIN QUE NOUS AVONS POURSUIVI EST ÉQUIPÉ POUR OUVRIR UNE BRÈCHE DANS CETTE JUNGLE PIÈGE...
PAS DE PAPIERS D'IDENTITÉ SUR L'HOMME QUE LES AUTRES APPELAIENT HENRY?
NON... MAIS ON A TOUT DE MÊME TROUVÉ CECI!
?!
CURIEUX, NON? ON DIRAIT UNE CLEF... PEUT-ÊTRE LA "CLEF" DE LA ZONE INTERDITE! DEMAIN, NOUS PARTIRONS EN EXPÉDITION!
15.
ET LE LENDEMAIN MATIN...
LA ZONE INTERDITE... UNE VÉRITABLE MURAILLE DE CHINE VÉGÉTALE!
OH, REGARDEZ LÀ-BAS!
VROM

CE SINGE AFFOLÉ,,, NOUS L'AVONS ÉPOUVANTÉ !
OUI, IL NE FAIT PAS PARTIE DES ANIMAUX PRIVILÉGIÉS QUE, SOUS L'ENSEIGNEMENT DE CHANGOR, NOUS AVONS PU APPRIVOISER !
MAIS COMMENT A-T-IL PU ACCLIMATER ICI DES ESPÈCES VIVANT DANS D'AUTRES RÉGIONS ?
C'EST LE SECRET DE CHANGOR,,, IL A CONSACRÉ SA VIE À L'ÉTUDE DU MONDE ANIMAL ET IL EST CERTAINEMENT LE MEILLEUR SPÉCIALISTE,,,
OH, LE PAUVRE, IL VA,,,
16.
J'AURAIS DÛ,,,
C',,, C'EST AFFREUX !
!?

NON!
FFFT...
VOUS L'AVEZ TUÉ!
NON... TOUT À L'HEURE, J'AI MANQUÉ DE RÉFLEXE! CES FLÈCHES SONT ENDUITES D'UNE MATIÈRE QUI PROVOQUE SIMPLEMENT LE SOMMEIL! DOMMAGE QUE JE N'AIE PU SAUVER LE PREMIER!
DOMMAGE, OUI... C'EST LE SORT QUI NOUS EST RÉSERVÉ SI NOUS NE DÉCOUVRONS PAS LA "SERRURE" À LAQUELLE S'ADAPTE CETTE CLEF!
JE VAIS ESSAYER... J'ESPÈRE QUE CET OBJET COUPE LE CHAMP DE FORCE, MAIS À QUEL ENDROIT? TOUT EST LÀ!
PRUDEMMENT, YALEK S'APPROCHE...
RIDICULE! IL NE SE PASSERA PEUT-ÊTRE RIEN...

UUUWH,,
?!
INCROYABLE!
REJOINS-MOI AVEC LA JEEP, POCKET! SI TU ES D'ACCORD, ON VA TENTER DE PASSER!
ATTENDEZ! VOUS RISQUEZ,,,
EH BIEN, ON EST PAYÉS-MAL, MAIS PAYÉS-POUR ÇA, NON?
ET SI ON NE VOUS REVOIT PLUS, COMME CHANGOR?
IL FAUDRA AVERTIR CAP'TAIN VERITY, SABRINA! QU'IL FASSE UN RAM-DAM TERRIBLE POUR OBLIGER LES DIRIGEANTS À S'OCCUPER DE CE QUI SE PASSE ICI?
VROM,,,
ET DERRIÈRE LE VÉHICULE,,,
UUWH,,,
VROOo..
18.
LE PASSAGE DE LA MER ROUGE, POCKET!
POUR UN PEAU-ROUGE, TU CONNAIS BIEN TA BIBLE! JE SUPPOSE QU'IL EST TEMPS DE FAIRE UNE PETITE PRIÈRE!

CE SILENCE... CELA VOUS SERRE LE COEUR!
OUI, AUCUNE TRACE D'ANIMAUX! NI MOUSTIQUES NI RIEN! COMME S'ILS AVAIENT TOUS ÉTÉ EXTERMINÉS!
ET APRÈS UNE PERCÉE DIFFICILE DE PLUSIEURS KILOMÈTRES...
!?
VROM
OH, LÀ-BAS... UN CHÂTEAU... UN CHÂTEAU DE CONTE DE FÉES!
C'EST LE CHÂTEAU DE CHANGOR, POCKET... ON RACONTE QU'IL L'A CONSTRUIT PIERRE À PIERRE AVEC L'AIDE DE SES AMIS APPRIVOISÉS!
PERSONNE!
OUI, MAIS CELA NE VA PAS DURER!
WHiii...
LE MOTEUR... ARRÊTÉ! PLUS RIEN!

DES FLÉCHETTES S'ÉCHAPPENT DES PISTOLETS ÉLECTRIQUES,,,
HAAAH!
COMME IVRES, LES DEUX REPORTERS TITUBENT DE MANIÈRE GROTESQUE,,,
,,, AVANT DE S'ÉCROULER SUR LE SOL!
RAPIDEMENT, SANS MÉNAGEMENT, ON LES REMET DEBOUT POUR LES ENTRAÎNER À L'INTÉRIEUR DU PALAIS,,,
20.
CHANGOR ?!
IL NE PEUT PAS VOUS RÉPONDRE,,, IL EST SOUMIS ACTUELLEMENT À UNE EXPÉRIENCE D'ANNIHILATION DES MUSCLES MOTEURS!
ICI C'EST LE LABORATOIRE DE VIVISECTION DU PROFESSEUR HELMUT,,, QUE VOICI, JUSTEMENT!

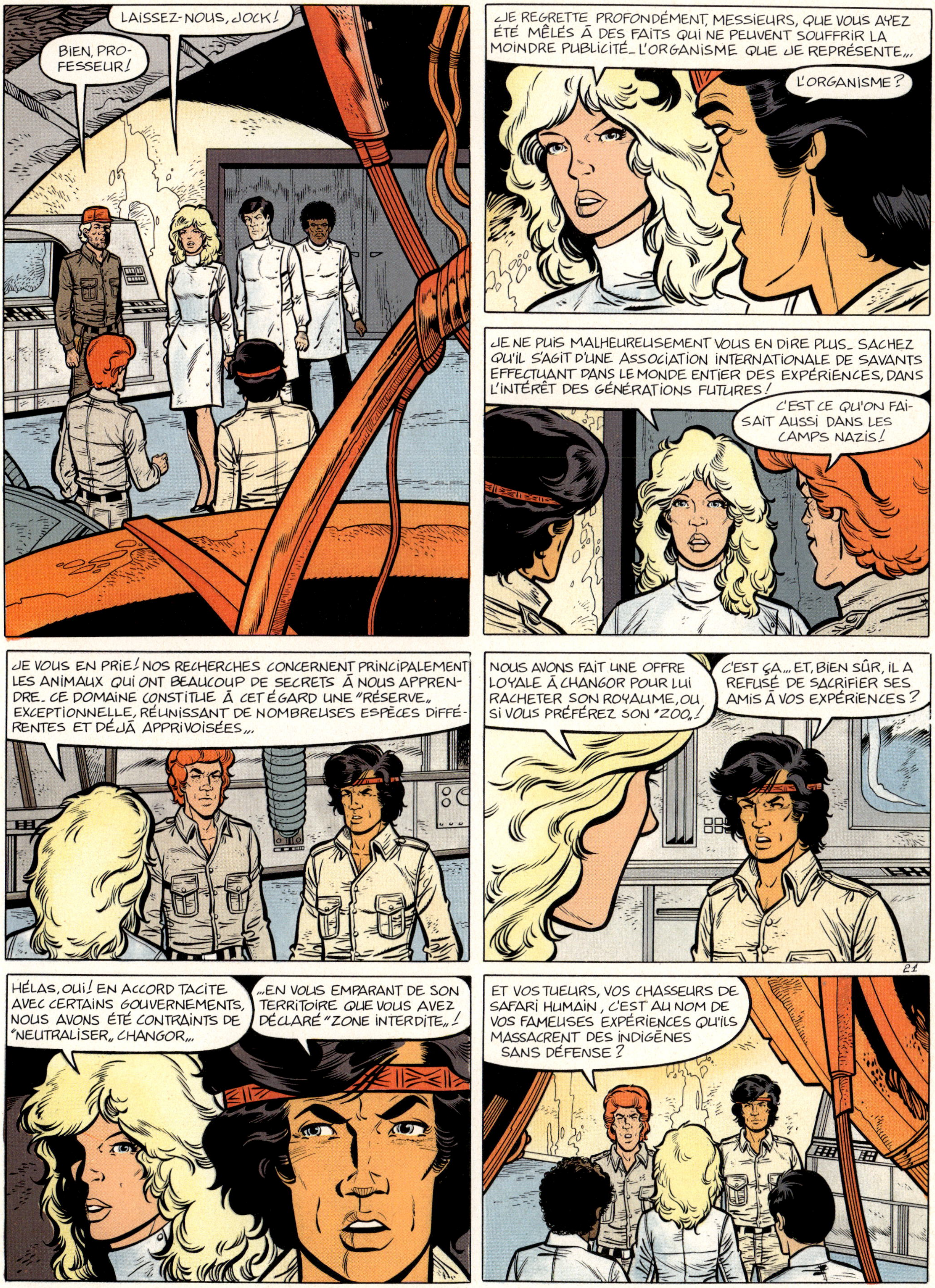
LAISSEZ-NOUS, JOCK!
BIEN, PROFESSEUR!
JE REGRETTE PROFONDÉMENT, MESSIEURS, QUE VOUS AYEZ ÉTÉ MÊLÉS À DES FAITS QUI NE PEUVENT SOUFFRIR LA MOINDRE PUBLICITÉ_ L'ORGANISME QUE JE REPRÉSENTE...
L'ORGANISME?
JE NE PUIS MALHEUREUSEMENT VOUS EN DIRE PLUS_ SACHEZ QU'IL S'AGIT D'UNE ASSOCIATION INTERNATIONALE DE SAVANTS EFFECTUANT DANS LE MONDE ENTIER DES EXPÉRIENCES, DANS L'INTÉRÊT DES GÉNÉRATIONS FUTURES!
C'EST CE QU'ON FAISAIT AUSSI DANS LES CAMPS NAZIS!
JE VOUS EN PRIE! NOS RECHERCHES CONCERNENT PRINCIPALEMENT LES ANIMAUX QUI ONT BEAUCOUP DE SECRETS À NOUS APPRENDRE_ CE DOMAINE CONSTITUE À CET ÉGARD UNE "RÉSERVE" EXCEPTIONNELLE, RÉUNISSANT DE NOMBREUSES ESPÈCES DIFFÉRENTES ET DÉJÀ APPRIVOISÉES...
NOUS AVONS FAIT UNE OFFRE LOYALE À CHANGOR POUR LUI RACHETER SON ROYAUME, OU SI VOUS PRÉFÉREZ SON "ZOO"!
C'EST ÇA... ET, BIEN SÛR, IL A REFUSÉ DE SACRIFIER SES AMIS À VOS EXPÉRIENCES?
HÉLAS, OUI! EN ACCORD TACITE AVEC CERTAINS GOUVERNEMENTS, NOUS AVONS ÉTÉ CONTRAINTS DE "NEUTRALISER" CHANGOR...
...EN VOUS EMPARANT DE SON TERRITOIRE QUE VOUS AVEZ DÉCLARÉ "ZONE INTERDITE"!
ET VOS TUEURS, VOS CHASSEURS DE SAFARI HUMAIN, C'EST AU NOM DE VOS FAMEUSES EXPÉRIENCES QU'ILS MASSACRENT DES INDIGÈNES SANS DÉFENSE?

JE... RÉPROUVE ENTIÈREMENT CES... EXPÉDITIONS. MAIS JOCK ET SES HOMMES, POUR ASSURER NOTRE SÉCURITÉ, VIVENT ICI, COMME NOUS, LOIN DU MONDE !
... ET DE TOUTE "DISTRACTION" ?
ET CHANGOR, QUE VOUS AVEZ SPOLIÉ DE SES BIENS, QUEL SORT LUI RÉSERVEZ-VOUS ?
OH, RASSUREZ-VOUS, RIEN DE FÂCHEUX... C'EST UN MERVEILLEUX SPÉCIMEN DE FORCE ET DE PUISSANCE, ET NOUS ANALYSONS SIMPLEMENT SES RÉACTIONS !
QUANT À VOUS, JE NE PUIS MALHEUREUSEMENT PAS VOUS LAISSER REPARTIR NON PLUS... SANS L'AVIS DE NOS DIRIGEANTS !
BREF, VOUS VOUS PRENEZ POUR DES SAVANTS, ET VOUS N'ÊTES QU'UNE BANDE D'ASSASSINS !
VOTRE... VOTRE JUGEMENT SOMMAIRE NE PEUT NOUS IMPRESSIONNER ! MAIS NOUS NE VOUS VOULONS PAS DE MAL : NOUS VOUS ENGAGEONS POUR TOURNER UN FILM SUR NOS TRAVAUX !
VOTRE FILM, VOUS POUVEZ... HAAAH !
NOUS ACCEPTONS, PROFESSEUR HELMUT !
ET TANDIS QU'ON EMMÈNE LES REPORTERS...
TU... TU ES D'ACCORD DE TRAVAILLER POUR CES FUMIERS ?
C'EST LE SEUL MOYEN DE GARDER UNE RELATIVE LIBERTÉ... ET PUIS, IL Y AURA DES COMPENSATIONS... REGARDE !
22
QUE... QU'EST-CE QUE VOUS FAITES ?
ON FIXE SUR LA PELLICULE VOTRE SALE TÊTE, MON VIEUX ! ORDRE DU PROFESSEUR HELMUT !
JE... J'AIME PAS QU'ON ME PHOTOGRAPHIE...
JE COMPRENDS ! ÇA VOUS SUFFIT DE VOUS APERCEVOIR PARFOIS DANS UNE GLACE !
OH, LÀ... LÀ... ATTENTION, KARL !

ÎÎÎÊÊÊK...
SALE BÊTE! IL FAUT LA TUER! ELLE... ELLE CHERCHE CHANGOR!
OHW!
TCHUD
HEY!
RELEVEZ-VOUS, TOUT LES DEUX! N'ESSAYER PAS DE LANCER L'ALERTE, SINON...
VOUS N'AVEZ AUCUNE CHANCE DE SORTIR D'ICI! LA BARRIÈRE LASER EST INFRANCHISSABLE! VOUS SEREZ VITE REPRIS!
MONTREZ-NOUS LA HUTTE QU'ON A CHOISIE POUR NOUS!
AU SEC...
HAAAAH!
WHOK
23
VITE, POCKET! ON VA RECEVOIR DE LA VISITE! OCCUPE-TOI DE JOCK! MOI, JE ME CHARGE DE KARL!

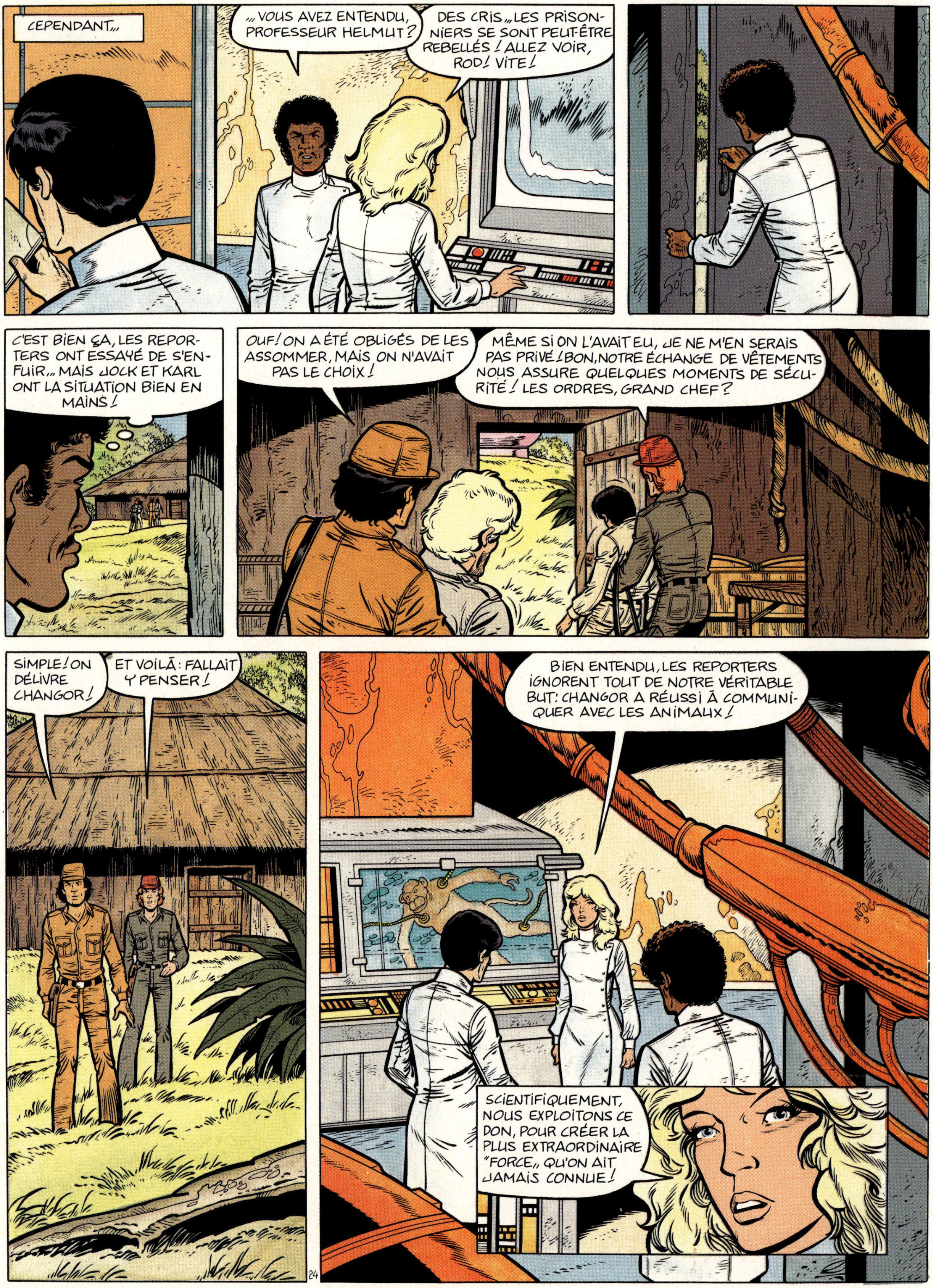
CEPENDANT,,,
,,, VOUS AVEZ ENTENDU, PROFESSEUR HELMUT?
DES CRIS,,, LES PRISONNIERS SE SONT PEUT-ÊTRE REBELLÉS! ALLEZ VOIR, ROD! VITE!
C'EST BIEN ÇA, LES REPORTERS ONT ESSAYÉ DE S'ENFUIR,,, MAIS JOCK ET KARL ONT LA SITUATION BIEN EN MAINS!
OUF! ON A ÉTÉ OBLIGÉS DE LES ASSOMMER, MAIS ON N'AVAIT PAS LE CHOIX!
MÊME SI ON L'AVAIT EU, JE NE M'EN SERAIS PAS PRIVÉ! BON, NOTRE ÉCHANGE DE VÊTEMENTS NOUS ASSURE QUELQUES MOMENTS DE SÉCURITÉ! LES ORDRES, GRAND CHEF?
SIMPLE! ON DÉLIVRE CHANGOR!
ET VOILÀ: FALLAIT Y PENSER!
BIEN ENTENDU, LES REPORTERS IGNORENT TOUT DE NOTRE VÉRITABLE BUT: CHANGOR A RÉUSSI À COMMUNIQUER AVEC LES ANIMAUX!
SCIENTIFIQUEMENT, NOUS EXPLOITONS CE DON, POUR CRÉER LA PLUS EXTRAORDINAIRE "FORCE,, QU'ON AIT JAMAIS CONNUE!
24

CETTE FORCE, NOUS SOMMES BIEN D'ACCORD, DOIT RESTER DE "DISSUASION"... EN CAS DE CONFLIT, PAR EXEMPLE !
OUI, OUI, D'ACCORD !
COMMENT ARRIVER JUSQU'AU LABORATOIRE OÙ EST DÉTENU CHANGOR ? LES DEUX SBIRES SONT HORS DE COMBAT, MAIS RESTENT LES AUTRES !
IL FAUDRAIT CRÉER UNE DIVERSION !
LE VAUTOUR DE CHANGOR EST RESTÉ FIDÈLE À SON MAÎTRE, MAIS IL DOIT NOUS PRENDRE POUR DES ENNEMIS AUSSI !
TANT PIS ! NOUS AVONS DES ARMES ! ON RISQUE TOUT !
ILS SONT ENCORE LÀ ! ATTENTION !
TRANSPORTONS-NOUS, MES AMIS, DANS LA SALLE D'EXPÉRIENCES... NOUS ALLONS ASSISTER À UN TEST... !
25.
ALLONS-Y !
ALLONS ! HAUT LES MAINS, TOUS !

MAINTENANT, VOUS ALLEZ DÉLIVRER CHANGOR... ET VITE!
POCKET! DANGER!
POAR...
PERDU! IL VA LE DÉCHIQUETER... ET SI JE TIRE...
GRAAOW...
TIRER EN L'AIR POUR L'EFFRAYER!
TWUB TWUB TWUB
GRRR
GRR...
GRAAOW...

SOUDAIN...
KLIK...
MAIS... IL S'ÉLOIGNE À RECULONS... COMME... COMME SI J'ÉTAIS IMPROPRE À LA CONSOMMATION!
GRR...
LE PROFESSEUR MANIPULE SON ÉTRANGE ENGIN... ET LE FAUVE S'ARRÊTE BRUSQUEMENT!
GRRR...
TLIK...
LENTEMENT, LE REGARD FIXE, IL COMMENCE À TOURNER SUR LUI-MÊME...
GRR...
PUIS APRÈS UNE NOUVELLE MANOEUVRE SUR LE BOITIER...
KLIK...
VOUS AVEZ COMPRIS, YALEK, QUE NOUS CONTRÔLONS ENTIÈREMENT LES RÉACTIONS DE CET ANIMAL... SANS NOTRE INTERVENTION, IL VOUS DÉVORAIT TOUS LES DEUX!
JOCK A REPRIS CONNAISSANCE ET NOUS A PRÉVENUS... EXCELLENTE OCCASION DE VOUS SOUMETTRE À UNE PETITE EXPÉRIENCE!
APPRENEZ, POUR VOTRE GOUVERNE, QUE CETTE TIGRESSE, RHAMA, N'OBÉISSAIT QU'À CHANGOR... MAIS NOUS L'AVONS COMPLÈTEMENT RETOURNÉE!
OUI, ELLE ATTAQUERAIT CHANGOR SI ON LUI EN DONNAIT L'ORDRE!

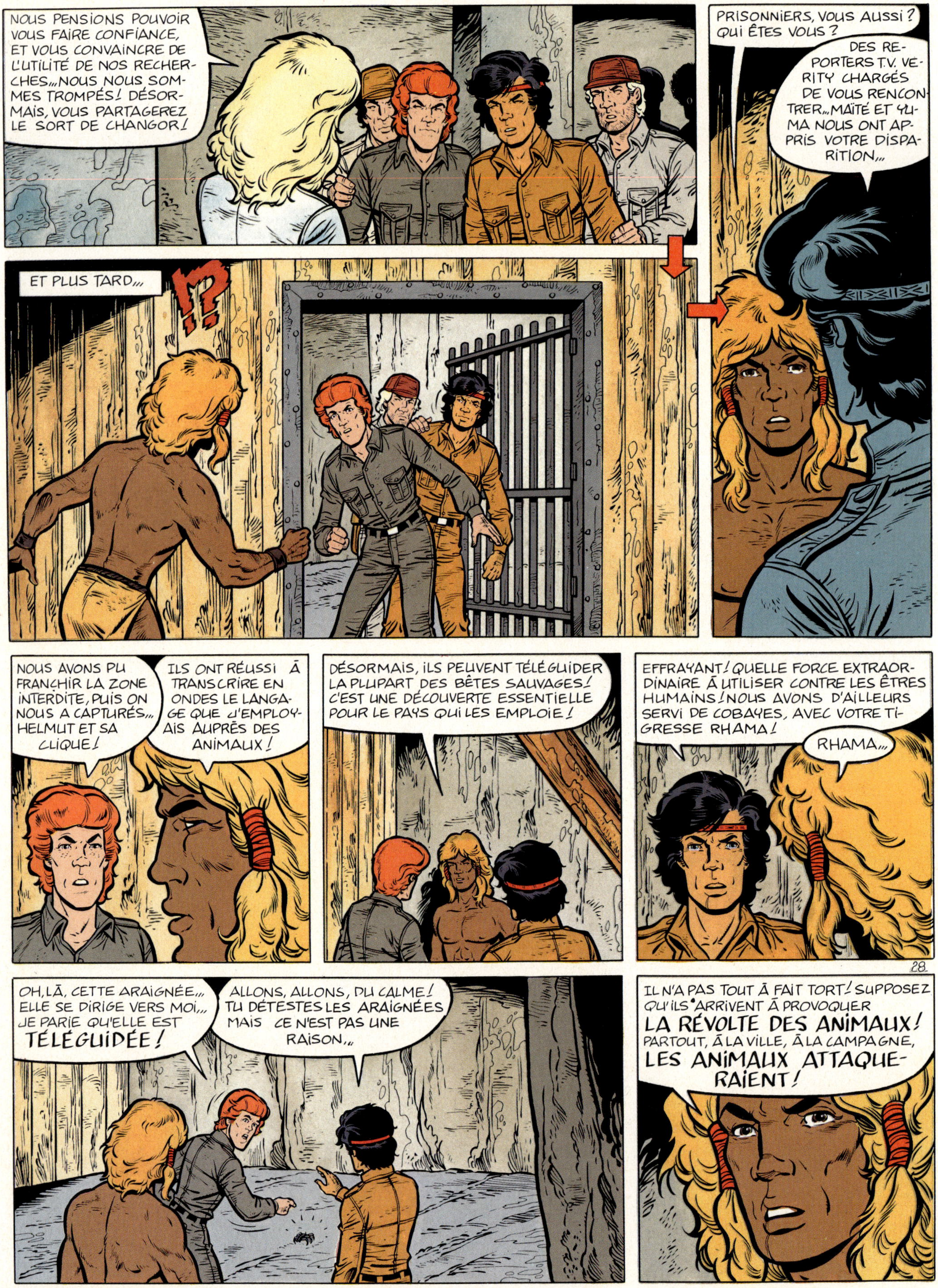
NOUS PENSIONS POUVOIR VOUS FAIRE CONFIANCE, ET VOUS CONVAINCRE DE L'UTILITÉ DE NOS RECHERCHES,,, NOUS NOUS SOMMES TROMPÉS! DÉSORMAIS, VOUS PARTAGEREZ LE SORT DE CHANGOR!
PRISONNIERS, VOUS AUSSI? QUI ÊTES VOUS?
DES REPORTERS T.V. VERITY CHARGÉS DE VOUS RENCONTRER,,, MAÏTÉ ET YUMA NOUS ONT APPRIS VOTRE DISPARITION,,,
ET PLUS TARD,,,
!?
NOUS AVONS PU FRANCHIR LA ZONE INTERDITE, PUIS ON NOUS A CAPTURÉS,,, HELMUT ET SA CLIQUE!
ILS ONT RÉUSSI À TRANSCRIRE EN ONDES LE LANGAGE QUE J'EMPLOYAIS AUPRÈS DES ANIMAUX!
DÉSORMAIS, ILS PEUVENT TÉLÉGUIDER LA PLUPART DES BÊTES SAUVAGES! C'EST UNE DÉCOUVERTE ESSENTIELLE POUR LE PAYS QUI LES EMPLOIE!
EFFRAYANT! QUELLE FORCE EXTRAORDINAIRE À UTILISER CONTRE LES ÊTRES HUMAINS! NOUS AVONS D'AILLEURS SERVI DE COBAYES, AVEC VOTRE TIGRESSE RHAMA!
RHAMA,,,
28.
OH, LÀ, CETTE ARAIGNÉE,,, ELLE SE DIRIGE VERS MOI,,, JE PARIE QU'ELLE EST TÉLÉGUIDÉE!
ALLONS, ALLONS, DU CALME! TU DÉTESTES LES ARAIGNÉES MAIS CE N'EST PAS UNE RAISON,,,
IL N'A PAS TOUT À FAIT TORT! SUPPOSEZ QU'ILS ARRIVENT À PROVOQUER LA RÉVOLTE DES ANIMAUX! PARTOUT, À LA VILLE, À LA CAMPAGNE, LES ANIMAUX ATTAQUERAIENT!

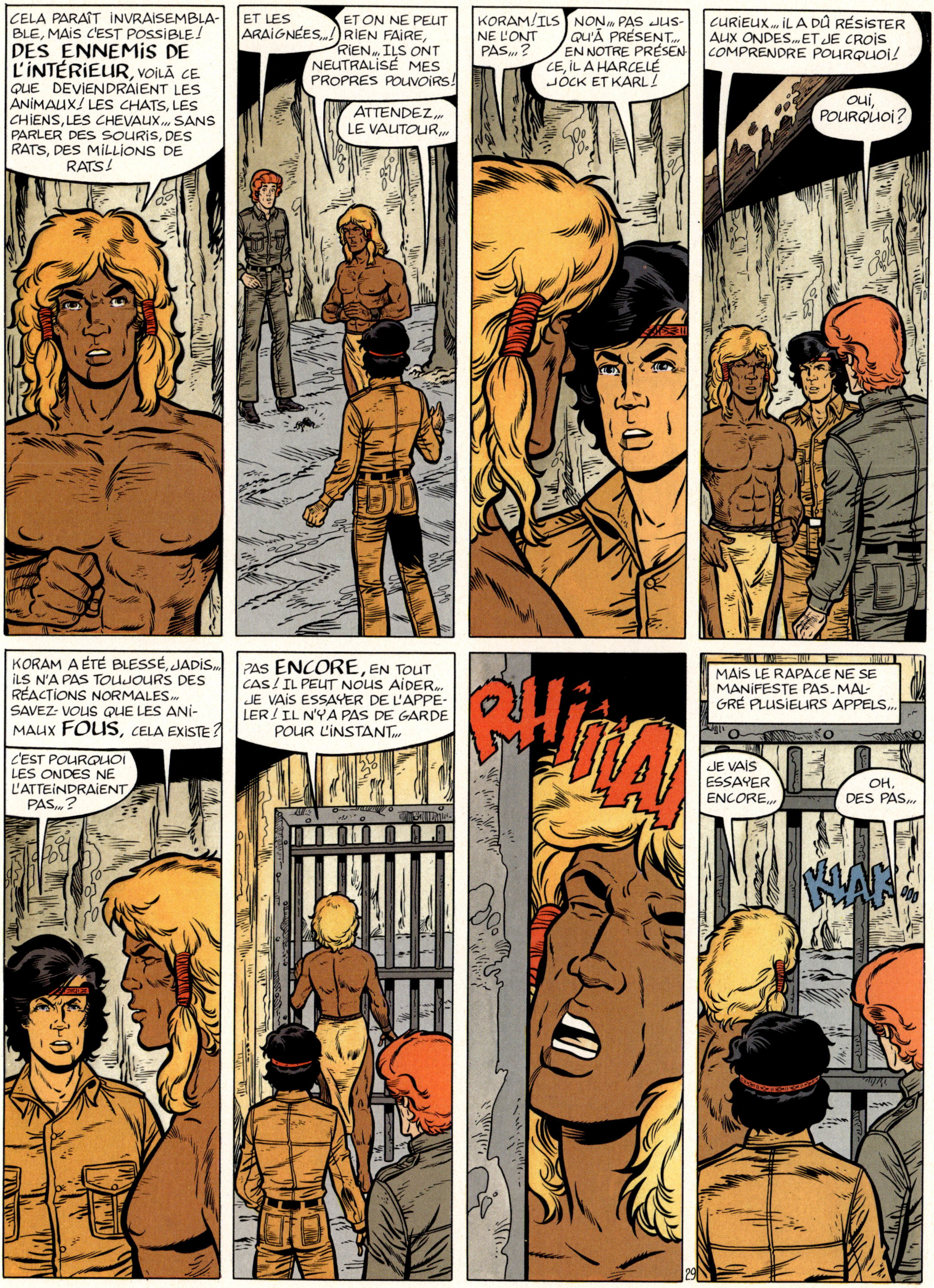

CELA PARAÎT INVRAISEMBLABLE, MAIS C'EST POSSIBLE! DES ENNEMIS DE L'INTÉRIEUR, VOILÀ CE QUE DEVIENDRAIENT LES ANIMAUX! LES CHATS, LES CHIENS, LES CHEVAUX... SANS PARLER DES SOURIS, DES RATS, DES MILLIONS DE RATS!
ET LES ARAIGNÉES...!
ET ON NE PEUT RIEN FAIRE, RIEN... ILS ONT NEUTRALISÉ MES PROPRES POUVOIRS!
ATTENDEZ... LE VAUTOUR...
KORAM! ILS NE L'ONT PAS...?
NON... PAS JUSQU'À PRÉSENT... EN NOTRE PRÉSENCE, IL A HARCELÉ JOCK ET KARL!
CURIEUX... IL A DÛ RÉSISTER AUX ONDES... ET JE CROIS COMPRENDRE POURQUOI!
OUI, POURQUOI?
KORAM A ÉTÉ BLESSÉ, JADIS... IL N'A PAS TOUJOURS DES RÉACTIONS NORMALES... SAVEZ-VOUS QUE LES ANIMAUX FOUS, CELA EXISTE?
C'EST POURQUOI LES ONDES NE L'ATTEINDRAIENT PAS...?
PAS ENCORE, EN TOUT CAS! IL PEUT NOUS AIDER... JE VAIS ESSAYER DE L'APPELER! IL N'Y A PAS DE GARDE POUR L'INSTANT...
RHIIIAA
MAIS LE RAPACE NE SE MANIFESTE PAS MALGRÉ PLUSIEURS APPELS...
JE VAIS ESSAYER ENCORE...
OH, DES PAS...
KLAK...
29

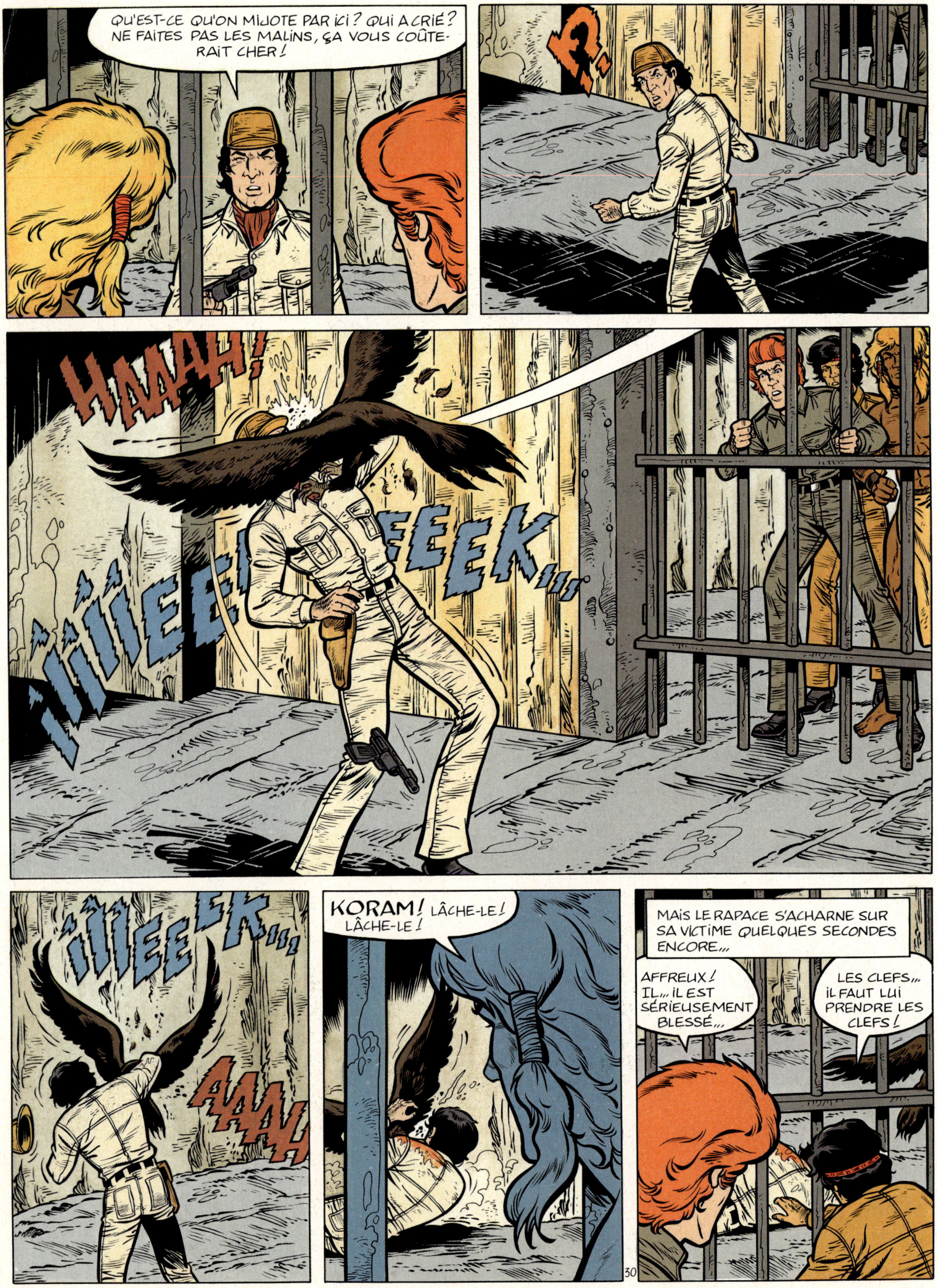
QU'EST-CE QU'ON MIJOTE PAR ICI ? QUI A CRIÉ ? NE FAITES PAS LES MALINS, ÇA VOUS COÛTERAIT CHER !
?
HAAAH !
¡IIIIIEEEEEEEK,,,
¡IIIIEEEEK,,,
AAAAH
KORAM ! LÂCHE-LE ! LÂCHE-LE !
30
MAIS LE RAPACE S'ACHARNE SUR SA VICTIME QUELQUES SECONDES ENCORE,,,
AFFREUX ! IL,,, IL EST SÉRIEUSEMENT BLESSÉ,,,
LES CLEFS,,, IL FAUT LUI PRENDRE LES CLEFS !

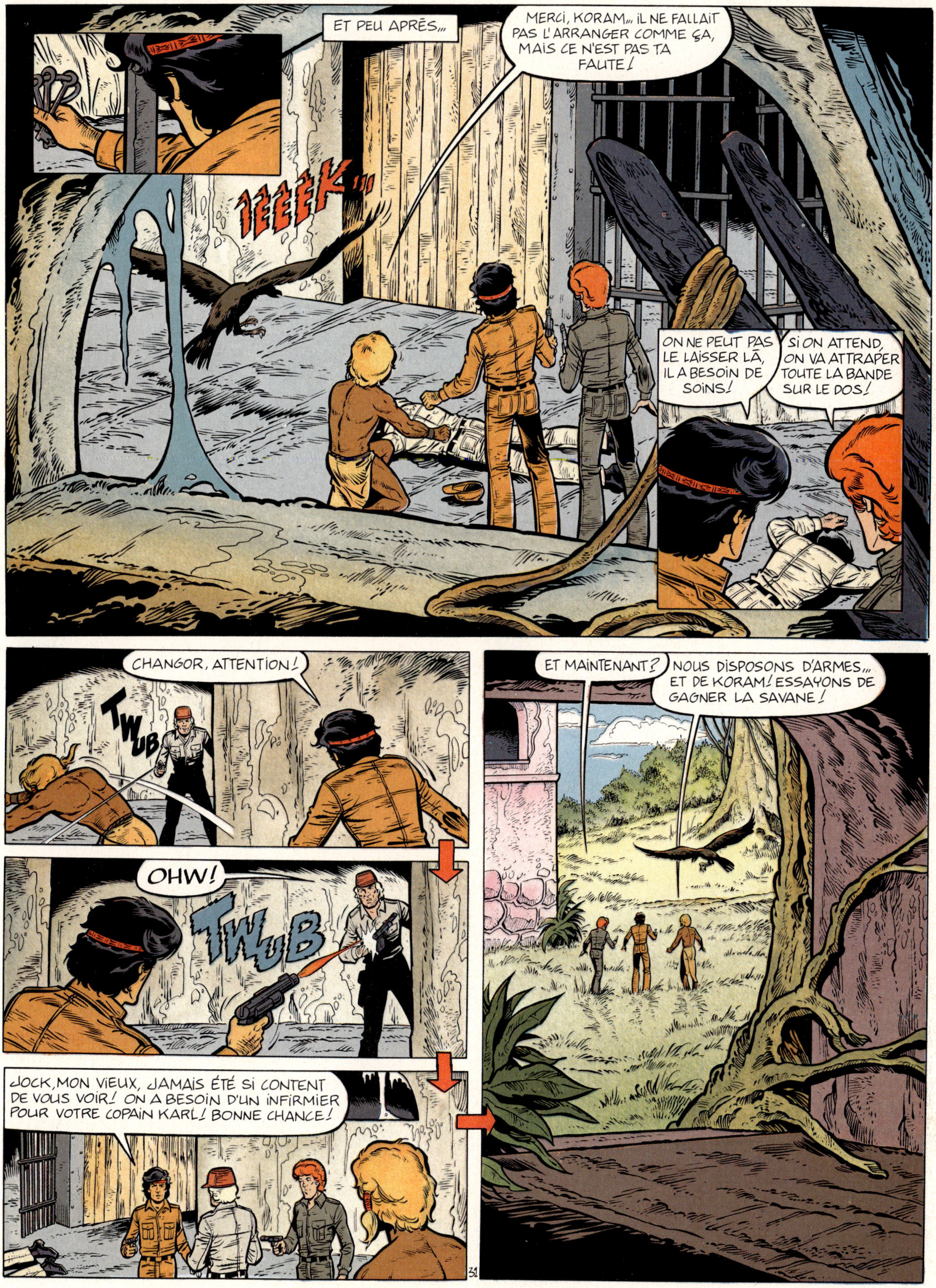
ET PEU APRÈS...
MERCI, KORAM... IL NE FALLAIT PAS L'ARRANGER COMME ÇA, MAIS CE N'EST PAS TA FAUTE!
IEEEK...
ON NE PEUT PAS LE LAISSER LÀ, IL A BESOIN DE SOINS!
SI ON ATTEND, ON VA ATTRAPER TOUTE LA BANDE SUR LE DOS!
CHANGOR, ATTENTION!
TWUB
OHW!
TWUB
JOCK, MON VIEUX, JAMAIS ÉTÉ SI CONTENT DE VOUS VOIR! ON A BESOIN D'UN INFIRMIER POUR VOTRE COPAIN KARL! BONNE CHANCE!
31
ET MAINTENANT?
NOUS DISPOSONS D'ARMES... ET DE KORAM! ESSAYONS DE GAGNER LA SAVANE!

ET LA "ZONE INTERDITE" , COMMENT LA FRANCHIRONS-NOUS ? "LA CLEF" NOUS A ÉTÉ CONFISQUÉE !
GAGNER DU TEMPS, C'EST LA SEULE SOLUTION ! LÀ, ON POURRA TENIR LE MAQUIS !
ET BIENTÔT...
ICI, ILS NE PRENDRONT JAMAIS LE RISQUE DE NOUS CHERCHER ! NOUS AVONS L'AVANTAGE DU TERRAIN !
MAIS TANDIS QU'ILS AVANCENT PÉNIBLEMENT...
ON NOUS SUIT ! DES ANIMAUX !
CE SONT DES HYÈNES ! OUI, C'EST MOI QUI LES AI IMPORTÉES ICI... ELLES M'OBÉISSAIENT COMME DES CHIENS FIDÈLES !
C'EST LE PASSÉ, ÇA ! À PRÉSENT...
ELLES DOIVENT ÊTRE NOMBREUSES ! CE SONT D'INCOMPARABLES PISTEUSES ! ELLES SUIVENT L'HOMME PENDANT DES KILOMÈTRES...
SI ON CRIE, ELLES RECULENT ! PUIS SUIVENT À NOUVEAU... SI L'HOMME TRÉBUCHE OU TOMBE, ELLES L'ATTAQUENT ! LEUR MÂCHOIRE EST PLUS FORTE QUE CELLE D'UN LION !
HUM !
D'UN COUP DE DENT, ELLES PEUVENT BROYER UN FÉMUR DE BOEUF !
ASSEZ ! JE N'AI DÉJÀ PLUS DE JAMBES, MOI !
SI NOUS RESTONS GROUPÉS, ELLES N'ATTAQUERONT PAS !
SI ! LES VOILÀ !
32

LES YEUX FOUS, LES HYÈNES ATTAQUAIENT AVEC DES HURLEMENTS SAUVAGES!
HIHIH
YALEK, À SON CORPS DÉFENDANT, DUT TIRER...
TWUB
VOUS EN AVEZ ATTEINT DEUX, MORTELLEMENT! LES AUTRES VONT LES DÉVORER!
HIHIII...
MAIS, AU CONTRAIRE...
!?
ELLES N'OBÉISSENT PLUS À LEURS PROPRES INSTINCTS! ELLES SONT CONDITIONNÉES! TENEZ-LES À DISTANCE! JE VAIS METTRE LE FEU À LA SAVANE!
TENEZ! LE BRIQUET DE KARL! IL NE FUMERA PLUS AVANT LONGTEMPS!
TWUD
TWUB
HIHIII...

COMBATTANT LEUR PROPRE INSTINCT, LES HYÈNES SE RUENT VERS LE BRASIER...
HIII... HIIIII...
HIIIIII
HIIIIIIII
MAIS LE FEU ET LES ARMES FINISSENT PAR EN VENIR À BOUT!
TWUB TWUB
C'EST HORRIBLE! QUEL CARNAGE!
HORRIBLE, OUI! JE REGRETTE D'AVOIR, MALGRÉ MOI, PROVOQUÉ CETTE SITUATION!
NOUS NE SERONS EN SÉCURITÉ NULLE PART! A CHAQUE INSTANT, D'AUTRES ANIMAUX PEUVENT NOUS ASSAILLIR!
LÀ... LÀ, CE NUAGE DE MOUSTIQUES!
34.

LES FUGITIFS VONT SUCCOMBER, QUAND...
HIIIÉÉÉK...
LE RAPACE FAIT DES RAVAGES PARMI LE NUAGE DE MOUSTIQUES...
HIIIÉÉÉ
...QUI AUSSI SOUDAINEMENT QU'IL EST APPARU BAT EN RETRAITE.
KORAM! IL NOUS A ENCORE SAUVÉS!
POUR COMBIEN DE TEMPS? COMMENT QUITTER LA "ZONE INTERDITE"?
APRÈS DES HEURES DE MARCHE, ILS PARVIENNENT À LA FRONTIÈRE DE LA "ZONE"...
SI L'ON ESSAIE DE PASSER, C'EST LA MORT!
ATTENTION!
WHIII...
ON DIRAIT QU'ILS VONT FRANCHIR LA ZONE...
VENEZ! C'EST NOTRE SEULE CHANCE: NOUS DEVONS ESSAYER DE PASSER DERRIÈRE EUX!
WHIII...
35.

KRRR...
RÉUSSI ! NOUS AVONS RÉUSSI !
NON ! REGARDE !
QUELLE SURPRISE ! NOUS NE PENSIONS PAS VOUS RETROUVER SI VITE !
VOUS ALLEZ ÊTRE UTILES ! GRÂCE À VOUS, NOUS ALLONS RÉCUPÉRER AUSSI VOS AMIS YUMA ET MAÏTÉ !
A PART LES INDIGÈNES QU'ON TAXERA DE SUPERSTITION, PERSONNE NE SAURA JAMAIS QUELLES EXPÉRIENCES NOUS AVONS POURSUIVIES DANS LA "ZONE INTERDITE" !
NOUS ALLONS TOUT SUPPRIMER ! LA LÉGENDE SUBSISTERA ! LE TEMPS EST VENU DE LANCER LA "FORCE ANIMALE" À L'ASSAUT D'UNE VILLE !
DANS QUELQUES HEURES, LA LOCALITÉ LA PLUS PROCHE, OZLOM, SERA ATTAQUÉE !
36.
SI VOS AMIS NE SE RENDENT PAS, NOUS VOUS LIVRONS AUX FOURMIS ROUGES !
SABRINA ! SI VOUS M'ENTENDEZ, FUYEZ !
STUPIDE ! VOTRE CHER KORAM CHANGOR, LES DÉNICHERA BIEN ! IL A RÉSISTÉ LONGTEMPS AU CONDITIONNEMENT, MAIS MAINTENANT...
ATTAQUE, KORAM ! ATTAQUE !
HÎÎEEE

MAIS SOUDAIN...
HIEEK...
KORAM!
LE RAPACE SEMBLE HÉSITER...
PUIS...
HIIIEEEK...
VITE! IL FAUT FUIR, LES AMIS!
NON! JE N'ABANDONNERAI PAS KORAM!
MAIS LE RAPACE, APRÈS SON ATTAQUE, A FUI, ET SON INTERVENTION PERMET À YALÉK ET AUX AUTRES DE S'ÉCHAPPER...
ET BIENTÔT...
!?
BANG BANG
GRÂCE AU RENFORT, LES SAVANTS SONT CONTRAINTS DE BATTRE EN RETRAITE...
WHIIII...
OZLOM... LA VILLE-TEST... NOUS DEVONS AVERTIR LES HABITANTS!

QUELQUES HEURES PLUS TARD...
ET CHEZ LES AUTORITÉS...
BARRICADEZ-VOUS ! LA VILLE VA ÊTRE ATTAQUÉE !
VOUS ÊTES FOUS ! PAR QUI ?
PAR DES ANIMAUX !
FILEZ D'ICI ! JE N'AI PAS DE TEMPS À PERDRE !
JE COMPRENDS VOTRE RÉACTION, MAIS JE VAIS VOUS EXPLIQUER...
QUELQUE TEMPS APRÈS, SUR LES CONSEILS DE YALEK, LES HABITANTS SE SONT CLOÎTRÉS CHEZ EUX...
ÉTRANGE IMPRESSION, CETTE VILLE DÉSERTE !
C'EST ANGOISSANT, HORRIBLEMENT ANGOISSANT ! MAIS COMMENT... ?
OUI... COMMENT VONT-ILS AGIR ?
IMPOSSIBLE DE TRANSPORTER ICI ASSEZ D'ANIMAUX CONDITIONNÉS POUR...
C'EST PEUT-ÊTRE DU BLUFF, LEUR TEST !
NON, JE NE CROIS PAS... OOH ! EST-CE QU'IL N'Y A PAS UN ZOO À OZLOM ?
AH OUI ! LES HABITANTS EN SONT PARTICULIÈREMENT FIERS !
PAS UN INSTANT À PERDRE ! IL EST PEUT-ÊTRE MÊME DÉJÀ TROP TARD !
38
GRAAAOW...
HiiiEEK...
RAAAW...
OZLOM ZOO
!?

LA CAGE AUX SINGES... ILS... ILS ONT RÉUSSI À BRISER LES BARREAUX!
UH!
HUM
"ILS" VONT PROCÉDER PAR VAGUES SUCCESSIVES... D'ABORD, LES SINGES... PUIS, PEUT-ÊTRE LES FAUVES... ET AINSI DE SUITE!
LES SINGES! ILS M'ÉCOUTAIENT AVANT... JE VAIS ESSAYER...
CHANGOR!
CHANGOR S'AVANCE COURAGEUSEMENT...
UH...
MAIS PRESQUE AUSSITÔT...
HAAAH!
HUMPH...
VITE! ILS VONT LE METTRE EN PIÈCES!
LES CARABINES À AIGUILLES HYPODERMIQUES... QU'ON NOUS A PRÊTÉES AU ZOO...
UH! UH!
OOORGH!!!
PAW
YALEK! ATTENTION!
HUMPH

RUUUH...
HUMPH...
BIENTÔT, DÉBORDÉS, YALEK ET SES COMPAGNONS DOIVENT BATTRE EN RETRAITE...
KLONG
RÂUUH
COMME ILS L'AVAIENT PRÉVU, LES OISEAUX ATTAQUENT À LEUR TOUR...
IIIIIEEEK
ET CETTE FOIS, MÊME KORAM...
IIIIIÉÉÉ
TCHAA
MAIS À CE MOMENT...
C'EST FINI! LE PROCESSUS EST DÉCLENCHÉ...
IL FAUT PARTIR D'ICI, FAIRE ÉVACUER LA VILLE!
RHÂÎÎÎ...
RHÂÂÂ...

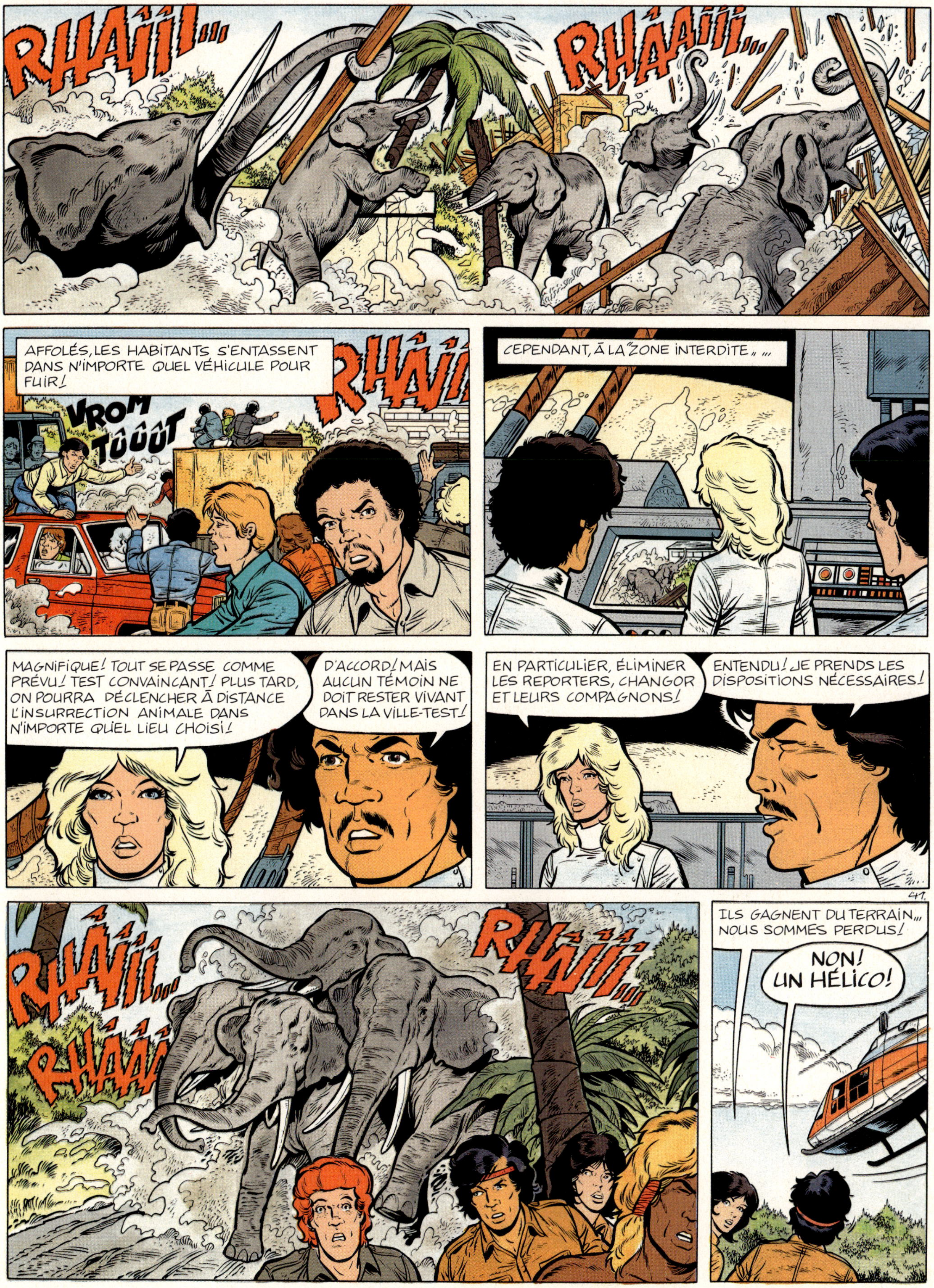
RHÂÎÎÎ...
RHÂÂÎÎÎ...
AFFOLÉS, LES HABITANTS S'ENTASSENT DANS N'IMPORTE QUEL VÉHICULE POUR FUIR!
RHÂÎÎ
VROM
TÔÔÛT
CEPENDANT, À LA "ZONE INTERDITE"...
MAGNIFIQUE! TOUT SE PASSE COMME PRÉVU! TEST CONVAINCANT! PLUS TARD, ON POURRA DÉCLENCHER À DISTANCE L'INSURRECTION ANIMALE DANS N'IMPORTE QUEL LIEU CHOISI!
D'ACCORD! MAIS AUCUN TÉMOIN NE DOIT RESTER VIVANT DANS LA VILLE-TEST!
EN PARTICULIER, ÉLIMINER LES REPORTERS, CHANGOR ET LEURS COMPAGNONS!
ENTENDU! JE PRENDS LES DISPOSITIONS NÉCESSAIRES!
RHÂÎÎÎ...
RHÂÂÎ
RHÂÎÎÎ...
ILS GAGNENT DU TERRAIN... NOUS SOMMES PERDUS!
NON! UN HÉLICO!

ILS VIENNENT NOUS ÉVACUER ! CHOUETTE, YALEK !
VROOO...
LES HOMMES DE MAIN D'HELMUT ET DE SA CLIQUE !
PRIS ENTRE DEUX FEUX !
L'HÉLICO BARRE LA ROUTE AUX FUGITIFS, ET DERRIÈRE EUX...
RHÂÎÎÎ...
HÉ ! LES ÉLÉPHANTS... ILS CHARGENT ! IL FAUT REPARTIR D'ICI, ET VITE !
MAIS, COMME L'HÉLICO TENTE DE REGAGNER LES AIRS...
IIIIÉÉÉK
...UN NUAGE D'OISEAUX S'ABAT SUR L'APPAREIL !
IMPOSSIBLE... IMPOSSIBLE DE DÉCOLLER !
VROOOOOOOO...
42

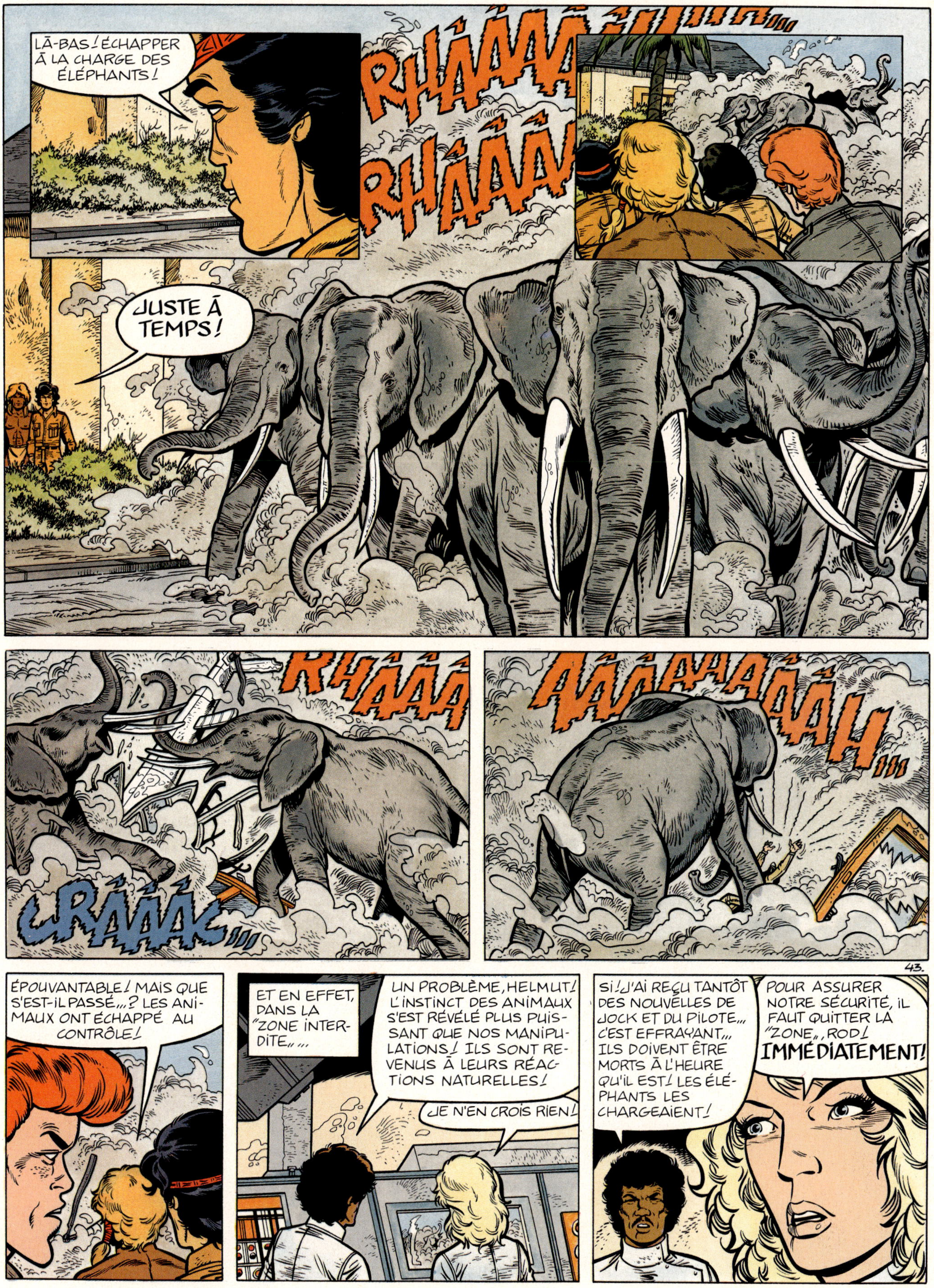

LÀ-BAS! ÉCHAPPER À LA CHARGE DES ÉLÉPHANTS!
RHÂÂÂÂ...
RHÂÂÂÂ
JUSTE À TEMPS!
RHÂÂÂ
CRAÂÂC...
ÂÂÂÂÂÂÂÂH...
43.
ÉPOUVANTABLE! MAIS QUE S'EST-IL PASSÉ...? LES ANIMAUX ONT ÉCHAPPÉ AU CONTRÔLE!
ET EN EFFET, DANS LA "ZONE INTERDITE"...
UN PROBLÈME, HELMUT! L'INSTINCT DES ANIMAUX S'EST RÉVÉLÉ PLUS PUISSANT QUE NOS MANIPULATIONS! ILS SONT REVENUS À LEURS RÉACTIONS NATURELLES!
JE N'EN CROIS RIEN!
SI! J'AI REÇU TANTÔT DES NOUVELLES DE JOCK ET DU PILOTE... C'EST EFFRAYANT... ILS DOIVENT ÊTRE MORTS À L'HEURE QU'IL EST! LES ÉLÉPHANTS LES CHARGEAIENT!
POUR ASSURER NOTRE SÉCURITÉ, IL FAUT QUITTER LA "ZONE", ROD! IMMÉDIATEMENT!

57.3214.4
81.10

PRINTED IN BELGIUM BY
proost
INTERNATIONAL BOOK PRODUCTION

IMPRIMÉ EN BELGIQUE